Este libro pertenece a:

_____

**CUENTO
DE LUZ**

A mi amiga Ana Cañizal,
generosa y solidaria.

- Gabriela Keselman -

¡Te lo regalo!

© 2013 del texto: Gabriela Keselman
© 2013 de las ilustraciones: Nora Hilb
© 2013 Cuento de Luz SL
Calle Claveles, 10 | Urb. Monteclaro | Pozuelo de Alarcón | 28223 | Madrid | España
www.cuentodeluz.com

ISBN: 978-84-15784-88-3

Impreso en China por Shanghai Chenxi Printing Co., Ltd., septiembre 2013, tirada número 1395-1

FSC
www.fsc.org
MIXTO
Papel procedente de
fuentes responsables
FSC® C007923

¡Te lo regalo!

Gabriela Keselman * Nora Hilb

Patón abrió el pico y *se zambulló* en la charca. Como todavía tenía el pico abierto, tragó un poco de agua.

Pero no le importó. Nadó, *salpicó*, chapoteó y hasta jugó a ser una fuente.

De pronto, miró hacia la orilla.

Su amigo el castor se tapaba la frente con las manos. Corría de junco
en junco buscando algo de sombra, y al fin trató de meter la cabeza
en la madriguera de un topo.

A Patón le pareció muy raro, así que se acercó a toda velocidad.

—¿Qué te ocurre? —preguntó.

—La gorra me picaba y no me la he puesto —se lamentó el castor—. Ahora el sol me quema...

Patón pensó cómo podía ayudarlo. Luego abrió el pico y *se zambulló* otra vez. Tomó el nido donde solía dormir la siesta y *se lo dio al castor.*

—¡Te lo regalo! —le dijo—. Te hará cosquillas, pero te protegerá del sol.

—¡Gracias! —dijo el castor—. ¡Es una gorra preciosa!

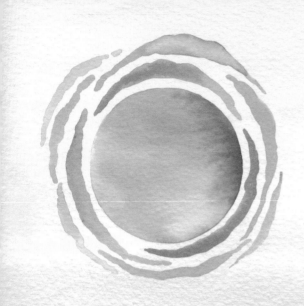

Y se tumbó en el prado más soleado.

Patón sintió que ya era hora de comer y sacó su bocadillo preferido (el de pan solo).

Pero un ruido lo distrajo.

Se dio la vuelta y vio a su amiga la ardilla rebuscando en su mochila.
La tripa de la ardilla gruñía, crujía, se quejaba.

Y la ardilla también.

Patón se preocupó.

—¿Qué te ocurre? —preguntó.

—He perdido mis nueces —dijo la ardilla—. Y ya tengo hambre...

Patón había abierto el pico para dar el primer mordisco a su bocadillo,
pero lo cerró.

—¡Te lo regalo! —dijo—. No es una nuez, pero es mi bocadillo
preferido.

—¡Gracias! —dijo la ardilla—. ¡Nunca he probado el pan solo!

Y se relamió mientras buscaba por dónde empezarlo.

Patón abrió el pico otra vez. Ahora sí iba a nadar, a salpicar, a chapotear y a jugar a ser una regadera.

Pero tampoco pudo.

Su amigo el oso se paró frente a él, puso la cabeza sobre su hombro y empezó a gemir.

Patón le acarició el flequillo.

—¿Qué te ocurre? —preguntó.

—Se me volcó la jarra de agua —dijo el oso—. Y ya no tengo
qué beber...

Patón abrió y cerró el pico varias veces. Luego se colgó de la mano del oso y lo condujo hasta la charca.

—¡Te la regalo! —dijo—. Puedes beber de esta agua.

—¡Gracias! —dijo el oso—. ¡La beberé toda!

Así lo hizo. Tragó y tragó hasta que no quedó ni gota.

Patón decidió dar un paseo, pero se dio de pico con su amigo el ratón.

El ratón trataba de escribir con el dedo. Luego con el bigote. Y hasta con el rabito.

Patón se acercó intrigado.

—¿Qué te ocurre? —preguntó.

—No tengo lápiz para escribir —dijo el ratón—. Y justo se me ha ocurrido una rima muy bonita...

Patón entonces tuvo una idea. Se arrancó una plumita del pecho.

—¡Te la regalo! —dijo—. Puedes escribir con esto.

—¡Gracias! —dijo el ratoncito—. ¡Con tu pluma haré una rima excelente!

Mojó la pluma en una mora espachurrada y se puso a escribir.

Al fin Patón se sentó en la orilla de la charca. Miró a su alrededor y también se miró. Entonces frunció el pico, luego lo torció y después lo sacudió de un lado al otro.

De sus ojitos brotaron un montón de lágrimas. Parecía que estaba jugando a las cascadas.

Ya no tenía nido para dormir
la siesta.

No tenía bocadillo de pan solo.

No tenía agua para zambullirse
con el pico abierto.

No tenía ni siquiera su plumita.

—¡No tengo nada! —se
lamentó.

Entonces el castor, la ardilla, el oso y el ratón se acercaron,
lo abrazaron y exclamaron:

—Patón, ¡lo que tienes es un gran
corazón!

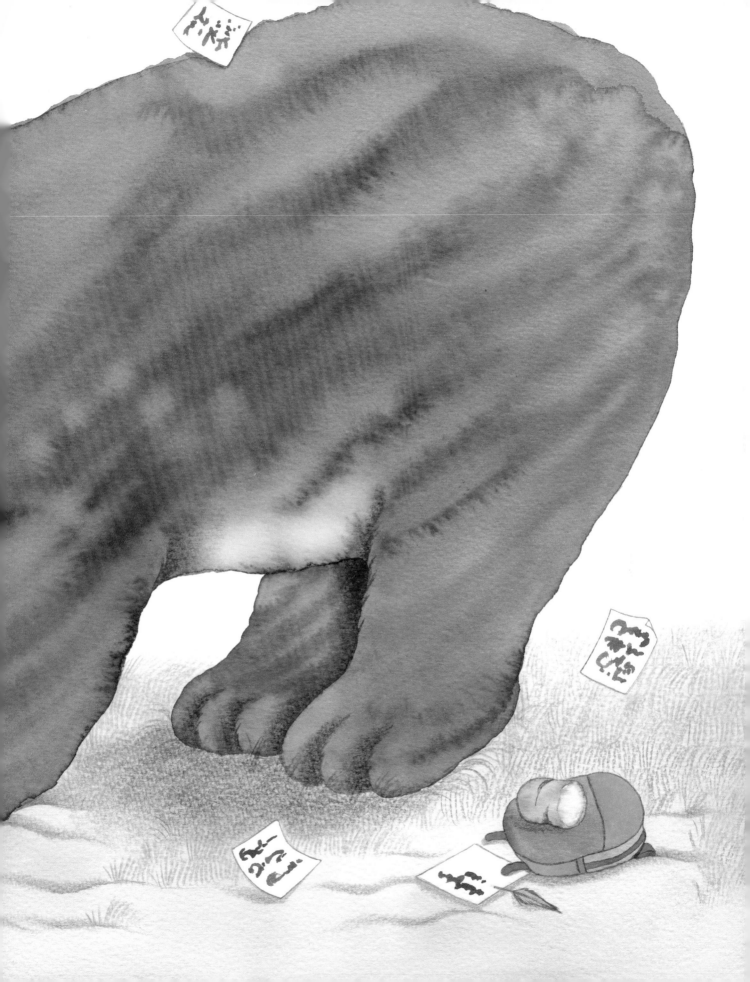

Justo en ese momento Patón vio a su amiga la nutria. Se acercaba
llevando una bañera llena de agua.

—Es mi hora del baño, pero... ¡te la regalo! —le dijo.

Entonces Patón volvió a sonreír y se zambulló. Como todavía tenía el pico abierto tragó un sapito de plástico, pero no le importó.

Nadó, salpicó y chapoteó.

Y hasta jugó a que fuera un día de lluvia.

Y en esas estaba cuando vio a su amigo el conejo, quien desde lejos le hacía señas con un paquete de galletas...

... ¡que estaba envuelto para regalo!